人は
考えたとおりの
人間になる

ジェームズ・アレン　著
柳平 彬　訳

AS A MAN THINKETH

田畑書店

人は考えたとおりの人間になる  目次

タイトル・タイポグラフィ　嘉瑞工房

人は考えたとおりの人間になる

はじめに

経験と冥想から生まれたこの小冊子で、私は、すでに説明しつくされた人間の心について、くどくど論ずるつもりはない。これは解釈の本ではなく、提言、提案の本である。

私が望んでいることはただひとつ、この小冊子が、人間の心のすばらしい働きについて説明し、「人は自分自身の創造主である」という真実を明らかにし、その真実を人々に知ってもらうためのきっかけをつくることである。

人の心は織物師のようなものだ。心は、キャラクター（性格）という下着だけでなく、その人の置かれている状況という上着さえも織り上げていく。

これまでつらい思いをしながら自らを織り続けてきた人たちが、この小冊子を読むことで、その努力を喜びと感じることができたら、幸いである。

ジェームズ・アレン

人の思考と性格

「人は考えたとおりの人間になる」という格言をご存知だろうか。これは人間の本質をついているだけではなく、人生のあらゆる状況、あらゆる局面を説明している。

文字どおり、人間はその人の思考によって形づくられている。つまり、その人のすべての考えを総合したものが、その人の性格だ、ということである。

種子なくして植物が生まれないように人間も思考という種子がなければ生まれもしないし、成長もしない。これは、思慮深い行動にはもちろん、一般に衝動的とか、無意識とかいわれる行動にもあてはまる。

行動が、人の思考の花であるならば、喜びや悲しみ、苦しみは、その果実である。人が人生において成功して甘い果実を実らせるか、また失敗してにがい果実を実らせるかは、すべて本人の「耕作」次第なのだ。

思考という心の働きが人間を創る。いまある私は、自分自身の思考がつくり上げたものだ。人の心に悪が芽ばえたとき、必ず悩みがついてまわる。ちょうど牛が引く荷車のように、いつもうしろに続いてくる……。もし人が純粋な心を抱き続けるなら、喜びが訪れる。それは人に寄りそう影のように、必ず続いてくるものだ。

人は必ず成長するものであるが、だからといって、自分の思いどおりに成長するわけでもない。人間の成長には必ず明確な因果関係がある。目に見える物質の世界の出来事と同様、目に見えない精神世界にも因果関係の公式は存在する。

たとえば、高潔で気高い人物がいるとしよう。この人物が立派な人間になれたのは、時の運でもなければ、誰かの恩恵を受けた結果でもない。正しくものごとを考えようと努力してきたからであり、気高い心を維持し続けてきた結果である。

反対に、心の貧しい、けだもののような人間は、卑しいものの考え方をしてきた結果なのである。

人間は自分を成長させることもできれば、逆に滅ぼすこともできる。危険な思想で自分の周囲をかためる人間は、やがてその思想に破滅させられてしまう。また、喜び、心の平安、そして強い意志を育む者は、幸せにみちた人生をおくることになる。つまり、人間は正しい選択をし、自分の思考をフルに生かしていくことによって、全能の神に近づくことができるのである。反対に、思考や思想を軽んじたり、悪用したりすると、人間はけだもの以下になりさがってしまう。この両極の間には、多様で複雑な人間の性格が存在する。そして、その性格を形づくり、支配するのはその人自身なのである。

この暗黒の時代に、真実という光を心によみがえらせ、人々に喜びと希望を与え、自信を回復させたものは、「人間は自らの思考や思想、性格だけでなく、自分をとりまく状況や環境、さらには人間の運命までも支配し決定する」という真理である。

精神力、知性、そして愛する心を持ち、自分の思考までも決定することができる人間は、自分をとりまいているあらゆる状況を支配するカギを握っている。そして自分の希望したとおりに、自らを変身させていく力を秘めているものだ。

人は、たとえうちひしがれ、絶望のどん底にあるときでも、自分自身の支配者である。しかし、こうした状態での人間は、意志が弱く、身を持ちくずしている場合が多く、自分自身の支配を誤るものだ。

人は、自分の置かれている状況を熟慮し、自らをつくり上げている「法則」を根気よく探し出す努力をすることで、「賢い支配者」になれる。「賢い支配者」になった人は、能力を正しい方向に向け、実りの多い問題に神経を集中できる。これこそまさに「高い意識」を持った支配者の姿である。このような人間になるには、自分自身の中にある思考の法則を探し出せばいい。これはそうむずかしいことではない。ただ、自分という人間を分析、応用し、また自らの経験を生かせばいいのである。

金やダイヤモンドを手に入れるためには、鉱脈を探し出し、地を掘らねばならない。同様に、人も自らの心の奥深く坑道を掘り進めていけば、自分の存在にかかわる、あらゆる真実を知ることができる。その真実とは、性格は自らがつくり上げたものであり、人生も運命もすべて自分自身が決定するものだ、ということである。

では、どうしたらこの真実を自ら発掘できるのだろうか。それには、自分のものの考え方を見つめ、コントロールし、そして変化させればいい。と同時に、思考を変えたことで、自分だけでなく周囲の人にどういう影響が出たか、また、自分の人生や自分が置かれている状況に何らかの変化があらわれたかを観察し、その因果関係を根気よく探し出せばいい。そして、日常のささいな事柄も含めた、ありとあらゆる経験を振り返ってみれば、それを知ることができる。ここで得た知識とは、理解する心、知恵そして力である。

このような過程をへてはじめて、「求めよ、さらば与えられん」、「叩けよ、さらば開かれん」という絶対の法則が意味を持つのである。人は、忍耐とたえまない努力と探究心によってのみ、知識という門をくぐることができるのである。

人の思考が環境や状況におよぼす影響

人間の心は、たとえてみれば庭園のようなものだ。よく手入れをして美しい庭にすることもできれば、荒れるにまかせてしまうこともできる。手入れをしようとしまいと、庭には必ず何かが育つ。役に立つ種を蒔(ま)かなければ、どこからか雑草の種子が運ばれてきて芽ぶき、庭は雑草におおわれてしまう。雑草が生えていれば、その種子は次の雑草を生む。

人間は、庭師が草とりをして花や果物の木を育てるように、心という庭を育てることができる。何の役にも立たない考えや、不純な思想という雑草をとりのぞき、正しい、有益な考えや純粋な思想という花や果実を育てていくわけだ。この作業を続けていくことによって、人間は心の名庭師となり、自分の人生を自ら決定できるようになる。また、同時に自分の中に「思考の因果関係」を見出すこともできる。そして、自分の性格や周囲の状況、そして運命が決定されるうえで、自らの思考力や心の動きがどんな役割を持っているかを理解できるようになる。これは、時がたてばたつほど正しく理解することができるものだ。

人間の性格はその人のものの考え方と一体のものだ。性格は、環境や状況を反映したものであるが、だからといって、ある人の置かれている状況が、いつの場合でもその人の全性格を示すものでもない。むしろ、次のように考えるべきである。

人間の思考は、その人が置かれている状況や環境と深く関係している。そのため環境は、人の成長や発展には欠くことのできないものなのである。

人間が現在置かれている立場には、それなりの原因がある。つまり、自分自身の中で育んできたものの考え方が、現在の彼を位置づけているということである。人生に偶然や運という要素はない。人生を決定するもの、それは、その人自身であって、これは、周囲の人や環境にうまくなじめない人にも、反対に、周囲と何の問題もなく協調してゆける人にも、あてはまることである。

進化し、発展する動物である人間は、自らの環境の中から必ず何かを学び、成長することができる。そして、その場で学べることをすべて学んでしまうと、自然に次の新しい環境が開けるものである。

自分は環境に左右される生きものだと信じている限り、人は自らの状況や環境に打ち克つことはできない。しかし、いったん自分には創造力があり、自分こそが環境や状況を生み出す土壌であり種である、と気づくとき、人は本当の意味で自分自身を支配したといえるのである。

一度でも、自分をコントロールする力を養うための修行をしたことのある人ならば、自分をとり巻く環境というものは、実は、自分のものの考え方から生まれるものだという事実を知っているはずだ。というのも、修行するうちに、自分自身が変っていくのと同じペースで、環境も変化することに気づいたはずだからだ。

人の魂は、密かに宿している愛すべきものだけでなく、その人が抱いている恐れをも引き寄せてしまう。その人が育んできた情熱に高められた魂も、時にはとどまるところを知らない欲望にふり回され、堕ちてしまうこともある。そして、どのような場合においても、人をとりまく環境はその魂が自らつくり出したものなのだ。

考えという種子は、たとえそれが意識的に蒔かれたものでも、自然に落ちたものであっても、やがて心という土壌に根づき、発芽し、いずれは行動という花を咲かせる。そして、その花は、機会や環境という果実を結ぶ。良い考えは良い実を、悪い考えは、悪い実を結ぶ。

環境や状況といった外の世界は、ものの考え方という心の内側の世界に似るものである。外的な環境は、たとえそれが悪いものであっても、その人の進歩のための大きな要素である。つまり、人間は喜びの中からだけでなく、苦しみの中からも多くのことを学んでいるということだ。

人はよく、心の奥に秘められた欲求や情熱に身をゆだねる。それは時として、人をまどわす「きつね火」のような不純なものであることもあれば、確固たる信念に基づいた崇高な精神の場合もある。いずれにせよ、こうした欲求や情熱を追い続けるうちに必然的にその人をとりまく環境が作られていく。つまり、ここでも人の成長と環境との因果関係が生きているということである。

人が身をもちくずしたり、刑務所に入れられたりするのは、運命のいたずらでも、周囲の環境のためでもない。その人の卑しいものの考え方や欲望がそうさせたのである。清い心を持った人が、環境や状況に作用されて、突然悪事を働くというようなことはあり得ないことだ。その人の心に以前から巣くっていた邪悪な考えが、何らかのきっかけで頭をもたげたのである。環境が人間を作るわけがない。環境は人に自分自身の姿を明らかにしてくれる。人は、邪悪な考えを持たずに悪事を働いたり、高潔な情熱や徳の高い考えを抱かずに、真の喜びを得たりはしない。つまり、人間は、自分自身のものの考え方の統治者であるだけでなく、自分自身の創造主であり、環境の設計者でもあるわけだ。人はこの世に生まれた時から、自分自身の魂を制している。そして、この世での生活を営んでいくなかで、自分のなかにある純粋な心や強い精神力、あるいは、不純な心、意志の弱さなどを映し出すいろいろな状況を、自ら引き寄せていくわけである。

人間をとりまく環境や状況は、本人が望んだから出てきたものではない。しかしすべて本人自身がどういう人間であるかの反映である。表に現れる、気まぐれや一時の出来心、野心といったものは、周囲から攻撃され、妨害されるものだが、心の内に秘められた思考や欲望は、その善し悪しとは関係なく、ふくらんでいく。人間は自分自身にのみ縛られている。思考や行動は運命を見守る看守のようなものだ。時には束縛したり、自らを卑しめたりするが、同時に自由の天使になり、自らを解き放ち、立派な人間にすることもできる。人間は、望んだり祈ったりすることで何かを得るわけではない。自らの努力に見合ったものだけを得るのである。希望や祈りというものは、その人のものの考え方や行動の裏付けがあって、はじめて叶えられるのだ。

では、いったい「環境や状況に挑戦する」という言葉は何を意味しているのだろうか。人間は絶えず何かの「結果」と戦っているが、実は、その「結果」の「原因」はその人自身の中にあることを気づいていない。つまり人間は知らず知らずのうちに自らをとりまく状況や環境の種子を心の中に育てているのである。それを欠点として自覚している場合もあるし、また、本人はまったく自覚していない場合もある。しかし、いずれにしても、人間の努力や行動を、執拗に妨害し弱めてしまう力であることは確かだ。だからこそ、どうしてもこれを治さなければならないわけだ。

しかし、人間は状況や環境を改善することにはすぐ乗り気になるが、自分自身を改善することには、残念ながら臆病である。

そのため、いつまでも自分自身に縛られ続けるのである。自分を犠牲にしてまでも何かをやり通す人は、必ず目的を達成するものだ。これは地上だけでなく天上においても言えることだ。富を築くことだけが一生の目的だとする人の場合でも、同じように、多くの努力や自己犠牲を払わない限り、目的は達成できない。強く立派な人生を送りたい人ならば、払う犠牲もそれだけ多くなることは当然のことであろう。

人の思考がからだや健康におよぼす影響

人間のからだは、その人の心やものの考え方に支配されている。からだは、心の意識的な、あるいは無意識的な動きに従っている。

心が不純な考えを抱くと、とたんにからだは病に侵され衰弱してしまう。反対に喜びにあふれる美しい考えを抱くと、からだは若がえり、健康美にかがやく。病も健康も、環境や状況と同様に、原因はすべてその人間のものの考え方にある。病的な考えは病に侵されるものだという形で、その存在を明らかにするものだ。恐怖や不安は、弾丸と同じように、確実に一瞬にして人を殺すことができるだけでなく、ゆっくりと人を死に追いやることもできる。病気にかかるのではないかと不安を抱いて暮らしている人は、必ず病に侵されるものだ。心配ごとはからだを弱め、病にかかりやすい無防備な状態をつくってしまう。不純な考えを持ち続けると、たとえそれが肉体的なものから来ていないものであっても、やがて神経を侵し、破壊してしまう。

強く純粋な考え、喜びにあふれた考えは、からだを強め活気づけるだけでなく、美しさをも与える。人間のからだは心の動きにすばやく反応する。考え方の習慣や癖は、からだにすぐあらわれる。

不純な心を放置している限り、人間の血はいつまでも毒に侵された不潔なものになる。清らかな心は、清潔なからだと生活をつくる。汚れた心からは、汚れた生活とからだが生まれる。心や考えは、行動、生活、生き方の源泉である。それが清められれば、すべてが清められる。

考え方を変えずに、食生活を変えたところで、何にもならない。心を清めれば、自然と食生活も改められ、不純な食べものを求めなくなるものだ。

清潔な心や考え方は、清潔な習慣を生む。人に聖人といわれている者でも、からだを洗わない者は聖人とはいえない。強く清らかな心を育んだ人間は、病原菌に侵される心配はない。

からだを鍛えたいのなら、心を守ることだ。からだを若がえらせたいのなら、心を美しくすることだ。悪意に満ちた考え、羨望、落胆、失望などの心は、すべてからだから健康と美しさを奪うものである。気むずかしい顔は、偶然そういう表情になったのではなく、気むずかしいものの考え方をし続けたからである。顔に刻まれたシワは、心の中のおろかな考え、不要な激情や自負が作り上げたものである。九十六歳にしてまだ若々しい少女のような表情を持つ女性を私は知っているし、中年以前の若さでありながら、老人のようにシワだらけの男も知っている。前者の女性の場合、彼女の若さの秘訣はその明るく清らかな性格であり、後者の男性の場合は、激情と不満を持ち続けたためそうなったのである。

明るく快適な住まいをつくり維持するためには、時おり窓を開け新鮮な空気と日光をとり入れる必要がある。同じように、健康なからだと明るく清らかな表情を持ち続けるためには、喜びや善意、落ち着いた気持ちなどで心を満たす必要がある。

年をとると誰でもシワはできる。しかし、ひと口にシワといっても、いろいろな種類がある。人に対する思いやりから生まれたシワ、強く清らかな心から生まれたシワ、激情から生まれたシワなど。しかし、シワの種類は必ず見分けられるものだ。正しく生きてきた人にとって老いるということは、太陽が沈んでいくように穏やかで静かな、円熟したものである。私は最近、ある哲学者の死に立ち合った。彼は年齢的にはかなり老いていたが、若々しい人であった。その死は、彼の生き方と同様に静かで穏やかなものであった。

人の考え方と目的

病に侵されたからだを治療する場合、明るく楽しい考えを持つことはどんな名医にもまさるものである。悲しみや苦しみにうちひしがれた心を癒すには、優しい思いやりの気持ちにかなうものはない。悪意、疑惑、羨望、冷笑といった心を持ち続けているということは、自らの手で掘った穴に自分を陥れ、とじこめてしまうのと同じことだ。反対に、人に対する思いやりを忘れずに持ち続け、明るい気持ちで人に接し、人の中に長所を見つけ出そうという善意を持ち続けていけば、天国の扉は必ず開かれる。そして、このような善意とともに、あらゆる生き物に対し平和な心で毎日接していけば、必ず心の平穏と幸福が訪れるのである。

考えというものは、何かしらの目的と結びつかない限り、実のある成果をあげられないものだ。多くの場合、残念ながら、私たちの考えやひらめきは、大海に浮かぶ船のように目的もなく漂っているだけである。目的がないことは、それだけでも不道徳な行為である。災いや破滅をさけて航行しようとするならば、何らかの目的を持つことが必要だ。

何の目標も持たずに生きている人は、ささいな不安、恐れ、悩みにわずらわされ、自己憐憫に陥ってしまうものだ。これらはすべて人間の弱さを代表するものであり、計画的に実行された罪と同じように、必ず失敗や不幸、失意につながるものである（ただし、計画的な罪とは違った過程を経てではあるが）。なぜなら、力で動いていくこの大宇宙では、弱いものは存在していけないからである。

人間は誰でも、きちんとした目的や目標を心の中に描き、その成就、達成に努力すべきである。そしてこの目標を、すべての考えの中心に置くべきである。この目標というものは、人によっては、精神世界の理想という形をとる場合もあれば、この世のその時々に応じた世俗的な目的という形をとる場合もある。いずれにしても、これと決めた目標に向かって絶えず努力し、全神経を集中していくべきである。人はこの目標の達成を人生の最大の義務にし、束の間の空想やあこがれ、夢にまどわされないように身を傾けていくべきである。これは、自己コントロールと、精神の集中を目指した「王道」といってもいい。多くの場合、人は弱さから何度も失敗を繰り返してしまうが、失敗するたびに人間の性格は強化されていくものだ。そしてその性格の強化は、その人が真の成功に近づいたかどうかを計る尺度になるだけでなく、新たな力を生むための出発点となる。

大きな目標に向かって生きるという重荷にまだ準備ができていない人は、どんなささいで無意味に見える仕事であっても、完璧にそれを成しとげることに考えを集中してみるといい。このようにすることによってのみ、考えをまとめ、気持ちを集中させることができるようになり、決断力がつちかわれる。やがて、達成できないものなどなくなってしまう。

どんなに弱い心を持った人間であっても自分の弱さを認識し、「力は努力と鍛練によってのみつちかわれる」ということを信じて努力に努力を、また忍耐に忍耐を重ね、力を着実につけるようにがんばり続けていけば、いつかは神のような強さを身につけることができる。

からだの弱い人は、徐々に、そしてしんぼう強くからだを鍛えていく。心が弱い人も、同じように、徐々に正しいものの考え方をすることによって、精神的に強くなることができる。

目的なしに弱々しく生きていくことをやめ、目標を持った生活をするということは、強い人間の仲間入りをすることである。強い人間とは、失敗を成功への一歩と見るだけでなく、あらゆる状況を自分の役に立ててしまう人々である。強い精神力を持ち、恐れることなくどんなことでも試みて、自分の力で成功を勝ちとる人々だ。

ある目的を設定したならば、その目的に向かってまっすぐな道を心に描き、わき目もふらずにその道を進んでいくことだ。疑惑とか恐れとかいう感情はきびしく排除すべきである。

これらの感情や考えは、せっかく引いた目的への道を切断したり、道を歪めたり、まったく無意味のものにしてしまう破壊的な要素である。疑惑や恐怖からは何も成果は得られないし、何も達成することはできない。疑惑や恐怖は人を必ず失敗へと導く。目標や実行力、力強いものの考え方といったものは、疑惑や恐怖が心に侵入するとその力を失い、何の意味もなさなくなってしまう。

何かを実行しようという意志の力は、私たちに何ができるのか、ということの正しい認識から生まれるものである。疑惑と恐怖はこの認識の最大の敵である。これらを助長したり、解消しようとしない人は、絶えず自分自身の前進を妨害していることになる。

疑惑や恐怖を克服した人は、同時に失敗をも克服したことになる。心は力と結びつき、どんな問題にも勇気を持って対処できるようになり、賢明に問題を解決できるようになるのである。その人の目的は、時を得て地に蒔かれ、花が咲き、実を結ぶ。そしてその実は、決して青いうちに地に落ちることなく熟するのである。

目的の達成に思考が果たす役割

人の考えと目標が大胆に結びついたとき、考えは大きな創造力となる。これを正しく認識した人は、それまでのふらついた考えや感情の動揺から脱し、より高い、強い人間になるための準備ができる。考えと目標を結びつける人間は、自分の精神力を意識的に、それも賢く発揮できる人間になれるのである。

人が手にする成果も失敗も、すべてその人のものの考え方いかんにかかわっている。バランスを失うことが、そのまま崩壊につながるという、明確な法則のもとにある大宇宙では、個々の役割、責任というものも絶対である。ある人間のもつ弱さや強さ、純粋さや不純さは、すべてその人間の責任であって、決して他人の責任ではない。その人が自ら招いたものであり、当人だけがそれを変えることができるのである。他人には絶対変えることはできない。彼をとりまく状況や環境も、他人ではなく彼自身が生み出したものである。喜びも苦しみもすべて彼自身の中から出たものだ。人間は考えたとおりの人間であり、考え続ければ、そのとおりの人間になっていく。

強い者が弱い人間に救いの手をさしのべたとしても、弱い人間自身が自分のほうから助けてほしいと思わない限り、どうすることもできない。そして、たとえこの弱い人間が自分から助けてほしいと思ったとしても、それだけでは十分ではない。努力して自分自身に打ち勝つ強さを身につけなければ、救いの手をさしのべてくれた人のように強くはなれない。つまり、自分自身にしか自分の置かれた状況を変えることはできないのである。

「一人の暴君がいるから多くの人間が奴隷となり苦しむ。だからこの暴君こそ憎むべきだ」という言葉がある。こう考えるのがあたり前のように思われてきた。しかし、今日では一部ではあるがこれを逆にとらえて、こう言う人もいる。つまり「奴隷がたくさんいるので一人が暴君扱いされてしまう。奴隷こそ憎むべきだ」というわけだ。真実は、奴隷も暴君も、共に無知という名のもとの共犯者であり、ちょっとみると一方が他方を、それも一方的に苦しめているように見えるが、実は、苦しめているのは相手ではなく自分自身なのである。真の知識というものは、抑圧する側の力の乱用だけでなく、抑圧された側の弱さをも見抜くことができる。真実の愛があるなら、抑圧する側とされる側両方の苦しみをくみとり、どちらも非難することはできない。真に同情を抱くならば、両者を同じように抱きしめ、なぐさめるはずだ。

弱さを克服した人間は、利己的な考えはすべて捨て去る。そして抑圧する側とされる側のどちらにもつくことはない。なぜなら、彼はすべてのしがらみから解放され自由だからだ。

人間は、自分の考えや心を高めることで、はじめて進歩し、発展し、目標を達成することができる。反対に、考え方や心を高めなければ、いつまでたっても弱くみじめで卑しいままでいることになる。

世俗的な目的であっても、何らかの成果を得るためには、奴隷や動物のような自己中心的なものの考え方から脱し、もっと崇高なものの考え方をしなければならない。ただ、この世で成功するためには、このような動物的な欲望やわがままな感情をすべて捨てるわけにはいかない場合もあるだろう。たとえそうだとしても、できるだけ多くの卑しい考え、利己的な考えを捨てるべきである。頭に浮ぶことが卑しい欲望ばかりだとしたら、その人間には物事を正しく判断することも、系統的な計画を立てることもできない。自分の中にある才能を見つけることも利用することもできず、何をやっても失敗ばかりするだろう。

自分の考えや心を人間らしくコントロールできない人には、状況を判断することも、重大な責任を負うこともできない。独立した一個の人間として行動することも、自分の立場を守ることもできるはずがない。人は考え方に即した行動しかとれないのである。

何かをあきらめることなくして、進歩や成果を得ることはできない。この世でどれだけ成功するかは、その人間がどれだけ混乱した本能的なものの考え方を捨てて、自分の計画の進展に神経を集中できるか、また、決意を固め独立心を養うかにかかっているのである。

考え方や心を高めることによって、その人はますます堂々とし、正しく公平な人間になる。そして成功もよりいっそう大きいものとなる。

宇宙は、たとえ表面的にはそう見えることがあっても、けっして、欲張りな人間、不正直な人間、そして悪事を働く人間の肩を持つことはない。宇宙は必ず正直で寛容で、徳の高い人間の味方である。このことは、あらゆる時代で偉人と言われた人々が、いろいろなことばを使って言い表わしてきている。このことばの真の意味を理解し、それを実証するのは簡単だ。ただ、自分のものの考え方や心をより正しい方向に高めてみればいい。

知的な進歩というものは、知識の探求のために全神経を集中し、人生や自然の中の美と真実を求め続けることによって得られるものである。知的な進歩が、時には人間の虚栄心や野望と結びついていることもあるだろうが、単に結びついているだけで、そこから知的進歩が生まれるとはいえない。それはやはり、たえまない努力と純粋で無我無欲の考えから自然に生み出されるものである。

精神的な進歩というものは、崇高なる志を吸収することによって得られる。崇高で気高い考えを抱き続け、純粋な心、他人を思いやる自己中心的でない心を持ち続ければ、必ず立派で賢い人間となり、人を動かすことのできる地位や幸福を得るだろう。それは、太陽が必ず天頂に達するように、また月が満ちるように確実にやってくることである。

進歩とはどんなものであっても、努力に与えられる王冠であり、正しい考え方に与えられる王位である。自制心、決断力、純粋な気持ち、公平で誠実な心、そして正しい方向に向けられた考え方、これらすべてによって人間は自分自身を高めることができる。反対に、動物のような心、怠惰で不純な気持ち、腐敗し混乱したものの考え方によって人間は堕落するのである。

この世で大成功をおさめ、高い地位につき、精神世界でも同じように高い所にまで行きついた人間でも、傲慢で利己的な考え、堕落したものの考えに取りつかれたままにしていると、再び弱くみじめな生き方に落ちていってしまうものである。

正しい考え方を持ち続けた成果というものは、絶えず注意をはらって、心がけていないと維持できない。人はいったん成功すると気がゆるんで、再び失敗へ転落することが多い。

進歩は、たとえそれが仕事上のものであれ、知的あるいは精神的なものであれ、すべて明確に方向づけられた考えが生んだものである。

そして、進歩は同じ法則に支配され、同じ方法を持ってつくられたものである。ただ違うのは、何に向かって進歩するのか、どんな目的を達成しようとしているか、ということである。

夢と理想

少ししか成功しなかった人は、それだけ犠牲が少なかったのだ。大成功をおさめるためには、それなりに大きなものをあきらめなければならない。偉大な成功をおさめるためには、多大な何かを犠牲にしなければならない。

夢想家は、救世主のようなものだ。私たちがこの目で見ることのできる物質の世界を支えているのが、目には見えない精神の世界であるように、苦しみ、罪を犯し、あさましい行動をとりながらも、人間はその時代の夢想家たちが与えてくれる美しい夢、美しい理想像に心をなごませるのである。人間にとって、想像力豊かな人々や夢想家はなくてはならない。彼らが描き出す夢や理想が消えてしまっては困るのだ。なぜなら人間は夢なしには生きられないのだから。人間は、いつの日かその夢が現実のものになることを信じている。

神がこの地を創造した後の世界を作り上げているのは、作曲家や彫刻家、画家、詩人、予言者、哲学者のような人々である。このような人々がいたからこそ、この世は美しいものになったのである。彼らがいなかったら、人間は苦しみしか知らずに滅んだだろう。

心の中に美しい未来像を描き、理想を追い求める人は、いつの日か必ずそれを実現する。

大航海時代の代表的人物コロンブスは、新大陸の存在を夢みていた。そして現実に新大陸を「発見」したのである。天文学者コペルニクスは、地球以外にも星はあるし、宇宙はそれまで知られていたものより、ずっとずっと大きいのだと考え続けた。そして彼はそれを証明することに成功したのである。仏陀は、完璧な美と完全な平和の精神世界を心に描き続け、ついにはその境地に到達することができたのである。

ビジョンや理想を大切にすることだ。心に浮かぶメロディー、心に宿る美しさ、純粋な心をおおう優美さ、これらすべてを大切にすべきだ。なぜなら、そこから、あらゆる喜び、あらゆる好環境が生まれるからである。そして、その理想像に忠実に生きていけば、あなた自身の世界がつくられる。

何かを求めるということはそれを得ること、何かに憧れるということはそれを手に入れるということだ。人間の根本的な欲求が満たされても、純粋な憧れ、汚れなき夢が実現されないということがあってよいだろうか？

それは宇宙の法に反することだし、あり得ないことだ。「求めよ、さらば与えられん」という言葉もあるではないか。

高い理想を抱き、崇高な夢を見ることだ。そうすれば、その高い理想にだんだん近づくことができる。あなたが心の中に描くビジョンこそ、将来のあなたの姿なのだ。あなたが抱く理想は将来のあなたを予言するものだ。

どんなに偉大な進歩や、成功も、そのはじめは小さな夢だったのである。太くてりっぱな樫の大木も、はじめは小さなどんぐりだった。鳥も卵の中で孵化するときを待つ。そして大きな夢がふくらみはじめ、目醒めの天使が訪れるのである。夢は現実の苗木なのだ。

あなたは今、自分が置かれている境遇に不満を抱いているかもしれない。しかし何か大きな夢、理想をかかげ、その実現のために努力すれば、その状態から脱することはできる。

夢の中を旅することはできないが、同時に夢なしでは生きてもいけない。

ここに、貧乏で、そのためにつらい仕事をしていかなければ、生きていけないひとりの若者がいる。一日中不健康な仕事でからだを酷使している。しかも若者には学歴も、教養といえるものも欠けていた。しかしながら若者は、より豊かな生活を夢みていた。知識や教養を身につけ、正しく美しく生きる自分を夢みていたのである。彼は頭の中に豊かで理想的な生活を描き、のびのびと自由に生き、より大きな視野を身につけた自分を想像するうちに、そのとりこになってしまった。そして仕事のあいまの短い時間を利用しては、自分の中にある隠れた才能を引き出し、磨こうと努力をするようになった。やがて若者は成長し、それまでの仕事では満足できなくなる。

つまりそれまでの仕事と彼の精神のレベルが、まったくつり合わなくなり、まるで服を脱ぐように簡単に、仕事を捨ててしまえるようになった。やがて、彼の新しい能力と見合ったチャンスがたくさん到来し、彼は二度とあの最初の仕事には戻ることはなくなった。

年月がたち、若者はりっぱに成長して大人になった。いまや彼は強い精神力を備えた大人だ。世間に対して大きな影響を及ぼすことのできる立場にある。彼はいまや多くの責任を負うべき立場にある。彼がひとこと命令すれば、人の人生が変わってしまうほどだ。多くの人が彼を頼り、彼の生き方を手本にする。

そして太陽のように彼は多くの人々の生活の中心となった。彼は若いころに抱いた夢、描いた理想を現実のものにしたのだ。若かりしころの理想と、ひとつになることができたのである。

今、この文章を読んでいる多くの若者たちよ。あなたたちも、おろかしい幻想ではなく、真の理想を現実のものにできることを知ってほしい。たとえその理想が物質的なものであれ、精神的なもの、またその両方であれ、実現することができるのだ。なぜなら、あなたの心が一番愛し求める方向にあなたのからだも動いて行くのだから、あなたの心が描いたものをあなたは手に入れることができる。あなたが努力した分だけは、必ず戻ってくるのである。現在あなたが置かれている状況がどのようなものであっても、あなたが抱く夢や理想に応じて、状況はよくもなり、悪くもなる。ちっぽけな夢を抱けばそれなりにしか成長しないし、大きな夢や希望をかかげればそれだけ大きく成長できるのだ。

スタントン・カーク・デイビスの美しいことばにもある。「あなたはしがない事務員だ。ある日あなたは、それまでずっとあなたの理想を阻んできたと思ってきた扉から、一歩外へ踏み出す。そこに待っているのは大観客の待つ大きな舞台だ。耳にペンをはさみ、手はインクでよごれた事務員の姿のままで、あなたは観客にひらめくままのあなたの心の叫びや夢を訴えるのだ。

羊飼いであるあなたは思い切って都会に出て行く。見るもの聞くものすべてめずらしく、口をぽかんと開けて町を見物。そして心のおもむくままに、ある芸術家のアトリエに足を踏み入れる。時がたち、その芸術家はあなたに『もう教えるべきことは何もない』というだろう。あなたは芸術家になったのだ。ほんの少し前までは、羊を追いながら芸術家を夢見ていたあなたが、である。

あなたが大工なら、いま手にしているのこぎりとかんなを置き、世界を救うために一歩踏み出すのだ。」

思慮深くもなく無知で怠惰な人々は、目に見えることだけを信じ、本質を見ないために「運」とか「偶然」といったことばを口にする。金持ちを見ては「運のいいやつだ」と言い、知的な成長をとげた人を見ては「恵まれているなあ」と言う。清らかな性格を持ち、なおかつ影響力のある立場にある人を見ては、「何をやってもついている」と言う。彼らには、成功の裏に隠された努力や苦しみ、何度となく繰り返した失敗が見えない。実現不可能にみえた夢を現実のものとするために、こういう人々がどれだけ犠牲をはらい、どれだけ努力し続け、どれだけ夢を信じ続けたかを、彼らは知らないのだ。彼らは、こういった人々が経て来た暗い苦しい道を知らずに、ただ、表に現われる喜びの明るい部分しか見ることができず、「運」ということばを使うのだ。そこに到る長くつらい道のりを見ずに、ただ喜ばしいゴールだけを見て、「ついている」と言う。成功への過程を理解することなく結果だけを見て、「運」だと片づけてしまう。

人の行為には必ず努力というものがあり、結果がある。そして、どれだけ努力するかが、結果を左右するのである。「運」はまったく関係しない。生まれながらの才能、力、財産、知力、精神などはすべて努力の賜物であり、完成された考え、達成された目的、実現された夢なのである。

頭の中に描く理想や心に抱く夢でもって、人生を築いていくことだ。必ず、
あなたはこの理想や夢が描く姿になることができる。

心の平穏

心の平穏とは、賢明さがもたらす、すばらしい宝である。自己コントロールを身につけるための、長い忍耐強い努力の賜物である。心が平穏であるということは、その人が得た経験が円熟し、また、その人の考え方の法則や動きが人並みはずれている、ということを証明するものだ。

人間は、自分が思考によって生きている生物だと、理解し納得することによって心の落ち着きを得る。そして、そう理解するためには自分だけでなく、他人も思考によって生きているのだと知ることが必要になってくる。ものごとを正しく理解できるようになり、同時にものごとの因果関係を見ることによって、多くのことがらの真の関係がはっきり見えるようになるにつれて、人はあせりを感じたり、むやみに腹を立てたり、心配したり、嘆いたりしなくなり、沈着冷静に穏やかになるのである。

穏やかな心を持った人は、自分自身をコントロールするすべを、そして周囲の人々とうまくつき合うすべを知っている。周囲の人々は、彼の精神力を尊敬するだけでなく、彼のなかに学ぶべき何かを、頼みがいのある何かを感じるのである。心が穏やかになればなるほど、人は成功し、大きな影響力を持ち、また、正しい力を得る。ただの行商人でも、自分をうまくコントロールできるようになり、心が晴れやかになるにしたがって商売が繁盛するものだ。なぜなら、人はしっかりした、穏やかな態度の人間と取り引きをしたいからである。

強く穏やかな人間は誰からも愛され、尊敬される。彼は砂漠に木陰をつくる大木、嵐の日に風雨から身を守ってくれる岩陰のようなものだ。穏やかな心、優しい性格、平衡のとれた人生、これを望まない人がいるだろうか。

このような人々は、雨の日も晴れの日も、何が起こうとも変わらずに優しく穏やかで落ちついている。穏やかさという最高の性格は、あらゆる文明人の目標だ。人生の花、魂の実である。それは知恵と同じように純粋な金よりも貴重なものである。穏やかな人生と比べると、金銭はなんと無意味なものに見えることだろう。穏やかな人生、それは真実という名の大海の波の下、どんな嵐の影響も受けることのない深海に横たわった、永遠に平穏であり続ける人生である。

私たちのまわりには、かんしゃくをおこしたり、自分の感情をコントロールできないために人生を苦いものにし、優しく美しい生活を破壊してしまう人がなんと多いことだろう。こういう人々は自分の性格を破壊し、血を汚す。自分をコントロールすることができないために、人生を破壊したり、せっかくの幸福を台無しにしてしまう。それにしても、私たちは一生のうちに何人、バランスのとれた、心の穏やかで完成された人間に会うことができるだろうか。そう、人は抑えることができない激情に揺さぶられ、手にあまる悲しみに乱れ、心配や疑惑にあえぐ。魂の嵐や風を抑え、自分の思うがままにコントロールできるのは、自分の心の動きを制御し、より清らかにすることができる賢明な人間だけである。

大嵐に揺れる魂は、どこにいてもどんな状況に置かれていても、次のことだけは知っている。人生という大海には、太陽がさんさんとふりそそぎ、幸福あふれる理想の島々があり、魂が来るのを待っているということを。心の舵をしっかりつかんでおこう。魂という船には必ず船長がいる。ただ、いまは寝ているのだ。さあ、彼を起こそうではないか。自己をコントロールする力は、その人の強さである。正しい考えは勝利そのものである。心の平穏は力である。自分の心に言い聞かせよう。

「落ち着け、静まるのだ」と。

訳者解説

柳平　彬

"AS A MAN THINKETH"――「人は考えたとおりの人間になる」。

この言葉は、実は四千年ほど前、ヒンズーの神秘主義者がサンスクリット語でパピルスに書き残したとも言われています。あるいはそれから二千年後、ローマの統治者、マルクス・アウレリウスは、「われわれの人生は、われわれの考え方が作るものである」と書き残しています。さらに時代が下って、キケロや、人生の真理を探究し本当の知恵を探し続けたラルフ・ウォルドー・エマソン、ウイリアム・ジェームズなども、言葉は違いますがまったく同じことを言っています。けれども、ジェームズ・アレンのように、一冊を費やして、この人間にとって究極の真実を、心に響く言葉で、嚙み砕くように記した人はいません。

私とこのテキストとの出会いは、そのままアメリカの人財育成のパイオニア、ボブ・コンクリンと、彼の創った「Adventures In Attitudes」（ＡＩＡ）という人財育成のプログラムとの出会いに重なります。

このプログラムは一九五〇年代半ば、ミネアポリスで成人教室を開いていたコンクリンとレオ・ハウザーが中心となり、「スキルや知識に偏った従来の企業内研修や人づくりに飽き足らない」研修の専門家たちの周知を集めて二十年の歳月をかけて開発したものです。

このコンクリンとＡＩＡとの出会いが、その後の私の人生に大きく影響を与えたのです。そしてこのＡＩＡのプログラムの考え方が、まさにジェームズ・アレンの哲学を、いかに現実に即して実現していくかを伝授するものだったのです。

人は自分の考えたとおりの人間になる。「考え」こそが、ひとりひとりの人生と運命を形づくる。私たちが出会い、経験することがらは、自分の心、つまり自分の考えが生み出したものであって、偶然そういう状況に遭遇しているのではない……そう考えることは、私たちの人生に希望を与えてくれます。すなわち人間の成功も失敗も、人生のすべては私たちの考えのなかで起こる。つまり、心で信じることが現実に訪れる可能性が高まるのです。

心が作り出す力とエネルギーは、まことに驚くべきものがあります。たとえば私たちは、次のような類の話をよく耳にします。

一家の主人がトラクターの下敷きになったのを見てびっくりした農家の主婦が、このトラクターを両手で持ち上げてしまった。後でこのトラクターを動かすのには、ゆうに三人の男手が必要になったというのに。あるいはまた、十二歳の少年が父親の足のうえに倒れた大木を持ち上げたのだが、この木は実は大人が四人もかかってやっと片付けられるものだった……。

これらは極端な例だと考えられるかもしれません。しかしある特別な状況のなかで、日常では考えられないような力が突然発揮されたという話は枚挙にいとまがありません。「火事場の馬鹿力」という言葉もありますが、こういう場合、当事者の内面ではいったい何が起こっているのでしょうか。

もちろん、体が突然大きくなったり、筋力が強くなったりしたわけではありません。心はどうしてもやらなければならない目標を不意に与えられると、それが自分にできるだろうかと疑ったり、能力があるだろうかと心配する間もなく、すぐに行動に移すのです。そして信じられないような驚くべき力を発揮します。われわれの心のなかに眠り続けていて、思い切り解放されるのを待っているのは、こういう力かもしれません。

またこういう例もあります。名医といわれる医者たちのなかで、患者を治療するとき不思議な薬を使うことがあるといいます。それは「プラシーボ」と呼ばれる錠剤なのですが、実はそれは薬ではなく、人体に害のないただの粉のかたまりなのです。ところが医者が権威と自信をもってそれを患者に与えると、びっくりするほどよく効くのみならず、強い薬のように副作用まで引き起こすことさえあるというのです。

ただの粉が薬の働きをするということは、実は医者が患者の考えを変えるからで、このことは、病気が肉体に原因があって起こるだけではなく、心の状態によって引き起こされることの何よりの証拠といえるでしょう。

ところが人の心には、そういうフィジカルなものにおさまらない、もっと大きな力があります。それは私たちの人生や状況を変えてしまうことができる心の影響力、すなわち「心の力」です。

人は、その人が心で思うとおりの人間になる。自分の考えが自分を作る……ジェームズ・アレンは本書のなかで、こうも言います。

「人間の心は、たとえてみれば庭園のようなものだ。よく手入れをして美しい庭にすることもできれば、荒れるにまかせてしまうこともできる。手入れをしようとしまいと、庭には必ず何かが育つ。役に立つ種を蒔かなければ、どこからか雑草の種子が運ばれてきて芽ぶき、庭は雑草におおわれてしまう。雑草が生えていれば、その種子は次の雑草を生む。」

まさにそのとおりで、ちょうど庭師が雑草を取り除くように、人も自分の心の庭から消極的な考えを追い出すことによって、積極的な考えを育てられるのです。

*

ジェームズ・アレンその人については研究書もなく、ごく大雑把なバイオグラフィーが伝えられているのみで（別項に記します）、いったい彼がどういう暮らしを営み、どういう人生を歩んだかということに関する手がかりはあまりありません。彼の啓蒙的な著述は、何百万という人々の幸せに役立ったにもかかわらず、今日では彼自身はほとんど知られない存在なのです。そういう意味では、彼は謎に満ちた文学者だといえるのかもしれません。

ただし、私は以前、コンクリンを通してジェームズ・アレンの人となりを彷彿とさせるエピソードのいくつかを知ることができました。そのわずかな手がかりをもとに、ここに彼の人生の一端をご紹介したいと思います。

ジェームズ・アレンは一八六四年、イングランド中部のレスターという町で生まれました。しかし生まれて数年たたずして生家の家業が失敗。アレンが十五歳のときに、父親はその損害を埋め合わせるべく渡米します。ところが着いて早々に事故に遭って亡くなってしまうのです。仕方なくアレンは学校を辞め、工場に働きに出ます。重労働が続くなかアレンの読書欲は高じて、やがて私設秘書（プライベート・セクレタリー）という、今日でいうと社長秘書ともいうべき職につきます。一九〇二年にすべての時間を執筆にあてようと決意するまでの間、彼はいくつかの企業でずっとこの職に従事し続けました。

彼の文学的生涯は、一九一二年に病に斃れて死にいたるまでのわずかな年月でしたが、この短い間に残した著作は実に十九冊に及びます。そしてそこには後の世代にも示唆するものが多く、豊かなアイディアに溢れています。

最初の著作『貧困から権力へ（From Poverty to Power）』を書き終えた直後、彼はイギリスの南西海岸地帯にあるイルフラクームへと移住します。海に面したいくつかのホテルとうねり重なる丘、曲がりくねった小路に満ちたこの保養地は、彼の哲学的研究に必要な閑静な雰囲気をたたえていたといいます。

本書、『人は考えた通りの人間になる（As a Man Thinketh）』が第三作として書かれたのは、そんな場所においてのことでした。そしてこの著作はしだいに彼の人気を高めていきます。しかしアレン自身は、この作品に満足できなかったといいます。つまりこの著作が彼の作品中もっとも雄弁に彼の思考を表現している作品であるのに、彼自身はなぜかその価値を認め損なっていたわけです。実はこの作品の出版に当たっては、彼の妻リリーの説得によるところが大きかったといわれています。

ジェームズ・アレンは、ロシアの小説家トルストイの提唱した理想の人生――自ら求める貧困、機械を使わない労働、そして禁欲的な自己鍛錬――を生きようとしていました。そしてトルストイがそうであったように、自己の改善と幸せとあらゆる美徳をマスターすることを追求したのです。

アレン夫人によれば、アレンがものを書いたのは、「伝えるべきこと（メッセージ）があるときだけであり、その伝えるべきこととは、彼が実際の生活の中で行い、それが良いことだとわかったときに限られた」といいます。

イルフラクームでの彼の毎日は、夜明け前のカイアンまでの散歩に始まります。

そこからは海と、そして彼の家を見下ろすことができました。そこに彼は一時間ばかりとどまり、冥想に耽けるのが常でした。それが終ると家に帰り、午前中の執筆にとりかかります。そして午後いっぱいは、彼が大好きだった気晴らし――園芸に没頭し、夜は彼の作品に興味を持つ人々とのおしゃべりに費やす――それが一日のサイクルとなっていました。

彼のある友人はジェームズ・アレンについて、「黒々とあふれる髪をもち、小柄でか弱そうな、ちょうどキリストのような感じの人」であったと述べています。そしてさらに、「アレンといえば、いつも彼が夜に着ていた黒いベルベットのスーツ姿が目に浮かぶ」と前置きして、「彼は私たち小人数――イギリス人やフランス人もいれば、オーストリア人やインド人もいた――を相手に、冥想について、哲学について、トルストイについて、あるいは釈迦について、庭のねずみに至る一切の生き物を殺さないことについて、おだやかに語ったものだった」ともつけ加えています。

＊

前述したように、ジェームズ・アレンの哲学を、もっとも良く、かつもっとも現実に適した形で誰にでも実践できるメソッドとして確立したのが、コンクリンのＡＩＡのプログラムです。そしてそこに東洋的発想と〈志〉（こころざし）の概念をも生かして日本人や日本の企業向けに独自に作り直したのが、われわれグループダイナミックス研究所の〈ＡＩＡ・心のアドベンチャー〉です。この中で私は、「Adventures In Attitudes」の「アティテュード」という英語を「心のありよう」、すなわち「心構え」と置き換えました。「心構え」をどう持つか。そのことで生きがいや働きがいの結果はいかようにも変わるのです。そしてそれは、仕事（志事）のみならず、人生の全般に通ずることなのです。

ジェームズ・アレンの『AS A MAN THINKETH』を私なりの言葉で訳出したものが本書です。この翻訳はこれまで、非売品の課外読み物としてＡＩＡの受講者の方々に、配っていたもので、いわば門外不出の書でした。それをこのたび、広い市場に向けて公開するにあたっては、いささか思うところがあります。

この二十年、いや三十年といっても構いませんが、日本の企業は活力を失い、かつては世界のなかで占めていた位置を、大きく下げてしまいました。その要因はいくつか考えられますが、その中の大きなもののひとつとして、次のようなことがあると思います。すなわち、サラリーマン化した経営者が、短期利益のみを求める株主のために、短期決算にじかに反映されるような即効性のある経営方針しか掲げなくなったということです。つまり、この「失われた二十年（三十年）」とは、時間をかけて人をつくる「人財育成」（私は「人材」という字を使わないようにしています。人はモノと同列に語れる資材ではないのです）をおろそかにしてきた年月だったのです。

企業で働く社員が活力を失えば、職場や組織、ひいては社会全体からも活力が消え失せます。家族も元気を失い、崩壊します。

この社会や家族に活力を取り戻し、そこで暮らすわれわれのうち、ひとりでも多くが幸せで有意義な人生を送れるためにはどうしたらよいか。私自身はこれからそのことを、ＡＩＡを通して世に問うていきたいと思っています。そしてその問いに対する有効な答えが、本書のなかにあると信じています。

ジェームズ・アレンについて

　ジェームズ・アレンは一八六四年十一月二十八日、イングランド中部レスターで生まれた。父親は靴下編み工場を営み、一時は非常に羽振りがよかったが、ジェームズが十五歳のとき生活は暗転する。財産をほぼすべて失った父親は残されたわずかな金を手にアメリカへ渡り、家族とともに新生活を始めようと試みた。しかしアメリカに到着して二日後、父親は事故に遭い（一説によると強盗に襲われ）ニューヨークの病院で死去。彼の所持品として、空っぽの札入れと使い古された銀時計のみが家族に返された。十五歳のジェームズは母親と二人の弟を養うため、一日十五時間ものあいだ靴下編み工場で働いたが、大好きな読書は決してやめなかった。

　十七歳のとき、ジェームズは父親の蔵書だったシェークスピアに没頭し、ついには作品すべてを暗記するに至った。無数の労働者と機械音の喧騒の中にあっても彼はシェークスピアの世界に浸ることができた。

その後ジェームズはラルフ・ウォルドー・エマーソン（一八〇三〜八二）の評論集、特に『Self Reliance』（邦題「自己信頼」）に感銘を受ける。二十三歳でエドウィン・アーノルド（一八三二〜一九〇四）の『The Light of Asia』（邦題「アジアの光」）に出会い、「読み終えるまで椅子から離れることができなかった。読み終えて立ち上がると、まるで別人になったような気がした」と語るほどの衝撃を受けた。この本との邂逅から、ジェームズの真実探求への旅が始まる。

ジェームズは二十五歳頃に故郷のレスターからロンドンに移り、個人付き秘書として九時から十八時まで働いていた。仕事以外の時間は残らず執筆にあてていたが、一九〇二年、雑誌「The Light of Reason」を立ち上げ、その編集にあたったのを機に、すべての時間を執筆に充てようと決意する。二十九歳でイーストエンドの教会のシスターだったリリーと出会い結婚、ロンドンからイルフラクームに居を移し、ここで生涯暮らすことになる。

最初の作品にして最高傑作とされる『From Poverty to Power』に続き、『All These Things Added』『As a Man Thinketh』『Above Life's Turmoil』『The Mastery of Destiny』など、全十九冊の著書を刊行。天文学や地質学、植物学など科学的分野に幅広く関心を寄せ、それは著書にも反映された。

ジェームズは病にたおれて間もなく、一九一二年一月二十四日に四十八年の生涯を閉じた。死の六日後に故郷レスターで火葬され、灰は四方に撒かれた。一九一〇年にジェームズが創刊した思想雑誌「The Epoch」は彼の死後、妻リリーが引き継ぎ発刊を続けた。

（一九一六年三月に、雑誌「Herald of the Star」に掲載されたマードー・S・カラザス（Murdo S. Carruthers）による記事などを元に、編集部が作成した）

【ジェームズ・アレン　著作目録】

（　）内は刊行年

“From Poverty to Power”（1901）
“All These Things Added”（1902）
“As a Man Thinketh”（1903）
“Out From the Heart”（1904）
“Byways of Blessedness”（1904）
“Poems of Peace”（1907）
“The Life Triumphant”（1908）
“The Mastery of Destiny”（1909）
“Morning and Evening Thoughts”（1909）
“Above Life's Turmoil”（1910）
“From Passion to Peace”（1910）
“The Eight Pillars of Prosperity”（1911）
“Man : King of Mind, Body, and Circumstance”（1911）
“Light on Life's Difficulties”（1912）
“Book of Meditations”（1913）
“Foundation Stones to Happiness and Success”（1913）
“Men and Systems”（1914）
“The Shining Gateway”（1915）
“The Divine Companion”（1919）

《訳者紹介》

柳平　彬（やなぎだいら　さかん）

1940年、東京に生まれる。62年、慶応義塾大学経済学部卒業後、丸紅飯田（現丸紅）入社。その後渡米し、ハバフォード大学でリベラルアーツ・哲学を学び、ダートマス大学大学院タック・スクール・オブ・ビジネスで企業組織論・マーケティング等を学ぶ。67年にMBAを取得。70年、人財育成プランナーとして独立。企業の組織開発（OD）や営業研修（TOS・Textbook Of Salesmanship）に携わる。75年、グループダイナミックス研究所を創立。社員、経営者や中堅管理者、営業担当者を対象に、AIA・心のアドベンチャー（Adventures In Attitudes）、志の力学プログラム（The Dynamics of KOKOROZASHI）などのやる氣啓育プログラムを開発、個人、家族、大学、女性リーダーにも普及。また、子どもの積極性と責任感を育てる親のための勇気づけプログラム（STEP・Systematic Training for Effective Parenting）を開発し、親や教職関係者を中心に普及する。川崎・矢向と八ケ岳山麓の蓼科高原に縄文天然温泉付きの相互啓発研修センターを設立。人参ジュース断食を普及。健幸（けんこう）道場として一人ひとりの生き方に心（マインド）と体（フィジカル）から質の向上をはかる。AIA・心のアドベンチャーは、日本で42万五千人以上が受講した。

《監修者紹介》

グループダイナミックス研究所

1975年8月設立。グループダイナミックス（集団力学）の考えに基づいた相互啓発により、一人ひとりの内発的な意欲と目標創造力を高める啓育研修プログラムと、人づくりの場を提供している。関連施設に川崎生涯研修センター・縄文天然温泉「志楽の湯」、たてしなエグゼクティブハウス・八ヶ岳縄文天然温泉「尖石の湯」がある。

AIAとは

“Adventures In Attitudes”（「心の冒険」、または「心のアドベンチャー」）の略称。グループ・ディスカッションによる相互啓発を通じて、一人ひとりの固定観念や先入観を超え、新しい自分の可能性、生きがい働きがい、人生目標や志を明確にする心構え変革プログラム。

〔お問合せ先：〒212-0024　神奈川県川崎市幸区塚越4-314-1　TEL044-541-2455 FAX044-541-3336〕

Title : As a Man Thinketh
Auther : James Allen

人は考えたとおりの人間になる

2019年　1月15日　第 1 刷発行
2024年　12月25日　第10刷発行

著 者　ジェームズ・アレン
訳者　柳平　彬

発行人　大槻慎二
発行所　株式会社 田畑書店
〒130-0025　東京都墨田区千歳2-13-4　跳豊ビル301
tel 03-6272-5718　fax 03-6659-6506
装幀・本文組版　田畑書店デザイン室
印刷・製本　中央精版印刷株式会社

ISBN978-4-8038-0357-0 C0198
定価はカバーに表示してあります
落丁・乱丁本はお取り替えいたします